Sir Arthur Conan Doyle
SHERLOCK HOLMES

ILUSTRADO

Dados Internacionais de Catalogação na Publicação (CIP) de acordo com ISBD

D754i	Doyle, Arthur Conan
	A inquilina do rosto coberto / Arthur Conan Doyle; traduzido por Monique D'Orazio; adaptado por Stephanie Baudet. - Jandira, SP : Ciranda Cultural, 2023.
	104 p. ; il; 13,20cm x 20,00cm. - (Coleção Ilustrada Sherlock Holmes).
	Título original: The veiled lodger
	ISBN: 978-85-380-9633-7
	1. Literatura inglesa. 2. Aventura. 3. Detetive. 4. Mistério. 5. Suspense. I. D'Orazio, Monique. II. Baudet, Stephanie. III. Título. IV. Série.
	CDD 823.91
2022-0446	CDU 821.111-3

Elaborado por Lucio Feitosa - CRB-8/8803

Índice para catálogo sistemático:
1. Literatura inglesa 823.91
2. Literatura inglesa 821.111-3

Copyright: © Sweet Cherry Publishing [2019]
Adaptado por Stephanie Baudet
Licenciadora: Sweet Cherry Publishing United Kingdom [2021]

Título original: *The veiled lodger*
Baseado na obra original de Sir Arthur Conan Doyle
Capa: Arianna Bellucci e Rhiannon Izard
Ilustrações: Arianna Bellucci

© 2023 desta edição:
Ciranda Cultural Editora e Distribuidora Ltda.
Tradução: Monique D'Orazio
Preparação: Paloma Blanca Alves Barbieri
Diagramação: Linea Editora
Revisão: Karine Ribeiro

1ª Edição em 2023
www.cirandacultural.com.br
Todos os direitos reservados. Nenhuma parte desta publicação pode ser reproduzida, arquivada em sistema de busca ou transmitida por qualquer meio, seja ele eletrônico, fotocópia, gravação ou outros, sem prévia autorização do detentor dos direitos, e não pode circular encadernada ou encapada de maneira distinta daquela em que foi publicada, ou sem que as mesmas condições sejam impostas aos compradores subsequentes.

SHERLOCK HOLMES ILUSTRADO

A Inquilina do Rosto Coberto

Ciranda Cultural

Capítulo um

Dos vinte e três anos em que Sherlock Holmes trabalhou como detetive particular, eu o ajudei em suas investigações por longos dezessete. Durante esses anos, ele pegou centenas de

Sir Arthur Conan Doyle

casos, que se provaram estar além da capacidade da polícia. Como Holmes se deliciava em investigar o bizarro e o aparentemente inexplicável, cada caso tem aspectos que dariam uma leitura fascinante. Nunca foi um problema a falta de material, mas sim qual de nossas investigações escolher. Holmes também assumiu casos de pessoas tão conhecidas, que devo manter muitos deles em segredo para proteger a honra dos envolvidos.

Ao longo
dos anos, Holmes
recebeu muitas cartas
de pessoas preocupadas
que a honra e a reputação
de suas famílias fossem
prejudicadas caso suas
histórias viessem a público. Mas
sei que eles não têm o que temer, pois
meu amigo sempre foi conhecido por
seu tato e confiabilidade. Nenhum
segredo será revelado. No entanto,
tentativas de destruir as anotações

Sir Arthur Conan Doyle

dos casos de Holmes vêm ocorrendo recentemente. Se tais ações continuarem, tenho o aval dele para divulgar ao público a história do político, do farol e do corvo-marinho treinado. Há pelo menos um leitor que saberá do que se trata.

Nem todos os casos em que Holmes se envolveu permitiram que ele demonstrasse os notáveis dons de instinto e observação que tentei destacar em meus relatos. A história que agora desejo contar é repleta de mistérios. Ela contém

A inquilina do rosto coberto

uma tragédia tão grande que não consigo, em sã consciência, escondê-la do público. Mudei os nomes e lugares para proteger as identidades das pessoas envolvidas nesse mistério sombrio.

Certa manhã, no final de 1896, recebi um bilhete apressado de Holmes pedindo que eu fosse a Baker Street imediatamente.

Watson,

Por favor, venha para Baker Street imediatamente. Sua presença pode ser de grande ajuda.

Sherlock

Sir Arthur Conan Doyle

Quando cheguei, encontrei-o sentado diante do fogo com uma mulher idosa e maternal na cadeira em frente a ele. Estudei-a e tentei deduzir suas circunstâncias, como Holmes costumava fazer com seus clientes. Ela estava vestida de maneira respeitosa, com um vestido de lã escura, limpo e sem remendos, mas obviamente o traje tinha alguns anos de uso. Quem quer que fosse, estava claro para mim que, embora enfrentasse dificuldades financeiras, tinha muito orgulho de

A inquilina do rosto coberto

sua aparência. Suas botas estavam engraxadas e, quando tirou o chapéu da cabeça, vi que ela não usava aliança; portanto, não tinha marido para sustentá-la.

Tentei imaginar como a mulher ganhava seu dinheiro.

Suas mãos não tinham a aspereza de uma lavadeira; tampouco

era uma camareira. Uma cozinheira, talvez? Tinha a aparência de alguém acostumada ao trabalho braçal. Imediatamente eu consegui enxergá-la mergulhada até os cotovelos em farinha, amassando um pão para servir na casa.

— Esta é a senhora Merrilow, de South Brixton – disse meu amigo, com um aceno.

South Brixton

Parte do distrito de Lambeth, ao sul de Londres. Bem mesclado em termos de classes sociais – os residentes variam de estivadores e operários a ricos empresários.

Muitas das grandes mansões foram convertidas em pensões.

A inquilina do rosto coberto

Brixton também se encaixava nas minhas deduções. Havia muitas casas grandiosas lá, onde a senhora Merrilow poderia trabalhar como criada. Com um aceno de cabeça e um sorriso para nossa visitante, concentrei minha atenção na discussão em questão, confiante de que ela agora confirmaria minhas teorias.

– A senhora Merrilow é dona de uma pensão, assim como a nossa senhora Hudson. Ela tem uma história interessante para contar

Sir Arthur Conan Doyle

que pode levar a acontecimentos nos quais sua presença seria útil.

– Qualquer coisa que eu puder fazer – eu disse, puxando uma cadeira e me sentando entre eles. Fiquei feliz por não ter compartilhado minhas teorias com

A inquilina do rosto coberto

Holmes, mas o constrangimento provocado pelo meu engano deve ter transparecido em meu rosto. Holmes me lançou um olhar interrogativo antes de se voltar para a senhora.

– Espero que entenda, senhora Merrilow, que, se eu for até a senhora Ronder, prefiro ter uma testemunha da nossa conversa. Diga isso para ela antes que Watson e eu cheguemos.

– Deus o abençoe, senhor Holmes – disse nossa visitante. – Ela está tão ansiosa para vê-lo que o senhor poderia levar a cidade inteira junto!

— Nesse caso, devemos chegar esta tarde. Vamos confirmar alguns fatos antes de começar. Se o repassarmos, o doutor Watson poderá entender a situação. Então a senhora Ronder é sua inquilina há sete anos, e a senhora só viu o rosto dela uma vez.

— Correto, senhor. E eu gostaria de não ter visto – disse a senhora Merrilow.

— Foi, segundo eu entendo, terrivelmente mutilado.

A inquilina do rosto coberto

— Bem, acho que o senhor dificilmente diria que era um rosto. Nosso leiteiro a viu uma vez, quando ela espiava pela janela de cima, e ficou tão assustado que deixou cair o leite por todo o jardim na frente da casa. Algumas semanas depois, por acaso, subi as escadas no momento em que ela voltava para o quarto. Assim que

Sir Arthur Conan Doyle

me viu, cobriu-se rapidamente e disse: "Agora, senhora Merrilow, sabe finalmente por que eu nunca levanto meu véu".

– Sabe alguma coisa sobre a história dela? – perguntou Holmes.

– Absolutamente nada.

– Ela deu referências quando chegou pela primeira vez?

– Não, senhor, mas deu dinheiro suficiente para três meses de aluguel e sem discutir sobre meus termos. Hoje em dia, uma mulher pobre como eu não pode

A inquilina do rosto coberto

se dar ao luxo de recusar uma clientela dessas.

— Ela deu algum motivo para escolher sua casa?

A senhora Merrilow balançou a cabeça ligeiramente e respondeu sem hesitação:

— Não, mas acho que sei por que ela escolheu minha casa. Fica bem afastada da rua, e o jardim lhe dá mais privacidade do que a maioria das residências. Além disso, só aceito um inquilino por vez e não tenho família. Acho que ela tentou

outras casas e descobriu que a minha lhe servia melhor. É privacidade o que a senhora busca e está disposta a pagar por isso.

A inquilina do rosto coberto

Holmes acenou com a cabeça, seus olhos penetrantes brilhando. A lógica da senhora era inegável, e meu amigo ficou claramente impressionado com as observações.

— A senhora diz que ela nunca mostrou o rosto, exceto naquela ocasião acidental. Bem, é uma história muito notável, e não estou surpreso que a senhora deseje que a examinemos mais a fundo.

— Eu não desejo isso, senhor Holmes! Estou bastante satisfeita, já que venho recebendo meu

Sir Arthur Conan Doyle

aluguel. Ninguém poderia querer uma inquilina mais quieta ou que desse menos problemas.

– Então o que a fez vir até mim?

Nossa visitante olhou meu amigo diretamente nos olhos com uma expressão de profunda preocupação.

– A saúde dela, senhor Holmes. A pobre senhora parece estar definhando. E há algo terrível em sua mente. "Assassinato!", ela grita. "Assassinato!" Uma vez a ouvi gritar: "Seu animal cruel! Seu monstro!". Foi durante a noite, e ecoou

A inquilina do rosto coberto

fortemente pela casa. Causou-me arrepios. Então fui até ela de manhã. "Senhora Ronder", disse eu, "se algo estiver incomodando sua alma, posso chamar um ministro ou padre da igreja", ofereci, "ou quem sabe a polícia. Um deles deve ser capaz de ajudá-la".

"'Pelo amor de Deus, a polícia, não!', ela disse. 'E nenhum ministro pode mudar o que passou. Ainda assim', disse ela, 'aliviaria minha mente se alguém soubesse a verdade antes de eu morrer.'

Sir Arthur Conan Doyle

"'Bem', falei, 'se a senhora não quer um padre ou a polícia, há um detetive sobre o qual lemos...' Peço que me perdoe, senhor Holmes, mas ela se agarrou à possibilidade sem hesitar.

"'Esse é o homem certo', disse ela. 'Não creio que nunca tenha pensado nisso antes. Traga-o aqui, senhora Merrilow, e se ele não vier, diga que sou a esposa de Ronder, do Circo de Animais Selvagens Ronder. Diga isso e dê a ele o nome de Abbas Parva'. Aqui está,

A inquilina do rosto coberto

exatamente como ela escreveu. Ela ainda disse: 'Isso o trará, se ele for o homem que penso que é.'"

Abbas Parva

— E ela acertou — comentou Holmes. — Muito bem, senhora Merrilow. Acho que é tudo de que preciso. Agora eu gostaria de ter uma pequena conversa com o doutor Watson. Creio que isso

nos ocupará até a hora do almoço.
Encontraremos a senhora na sua
casa, em Brixton, por volta das 15h.

Agradecida, a senhora acenou com
a cabeça para nós. Pegando seu xale,
ela se levantou pesadamente e se
arrastou em direção à porta.

Capítulo dois

Assim que nossa visitante saiu da sala, Holmes puxou vários livros de sua estante desordenada que estava no canto e espalhou-os no chão. Ele se jogou sobre eles com energia feroz e, nos

minutos seguintes, o único som era o constante passar das páginas.

Por fim, Holmes deu um grunhido de satisfação ao encontrar o que procurava. Ele estava tão animado que não voltou para sua cadeira. Em vez disso, permaneceu sentado no chão com as pernas cruzadas, rodeado de livros enormes, e um aberto sobre os joelhos.

Sem levantar os olhos do volume em seu colo, Holmes falou:

– Aqui está. Este caso me intrigou na época, Watson. Minhas anotações

A inquilina do rosto coberto

na margem são prova disso. Admito
que não consegui entender nada,
mas eu tinha certeza de que o legista
estava errado. Você não se lembra da
tragédia de Abbas Parva?

— Na verdade não, Holmes — disse
eu, virando-me na cadeira para olhar
o meu amigo.

— Nós compartilhávamos
esta residência já havia um bom
tempo nessa época.

Holmes balançou a cabeça com
um suspiro. Sem dúvida estava
se desesperando com minha

Sir Arthur Conan Doyle

incapacidade de lembrar os detalhes do caso, como de costume. Eu simplesmente revirei os olhos e esperei que ele continuasse.

– Não fui capaz de conduzir uma investigação completa, pois nenhuma das pessoas envolvidas contratou meus serviços. Além disso, como não havia nada para guiar uma investigação, fui forçado a desistir. No entanto, o mistério continuou a me fascinar e muitas

A inquilina do rosto coberto

vezes me pego pensando nele. Talvez você queira ler as anotações que tenho aqui, o que acha?

— Você poderia apenas me dar os pontos principais?

— Isso será muito fácil. Provavelmente o caso voltará à sua memória enquanto eu falo. Ronder, é claro, era um nome conhecido. Ele era dono de um dos maiores circos do país e um dos grandes apresentadores de sua época. Há evidências, no entanto, de que o homem começou a beber e que tanto

A inquilina do rosto coberto

ele quanto seu espetáculo estavam em declínio na época da grande tragédia. Acredito que o incidente aconteceu durante uma turnê pelo país. As caravanas haviam parado para pernoitar em Abbas Parva, uma pequena vila em Berkshire, quando esse horror todo aconteceu. Eles

Circo

Na época, espetáculos com números de animais, acrobacias e comédia. Os espetáculos viajam por todo o país e se apresentam em uma grande tenda. Há registros de casos em que animais selvagens escaparam, como no incidente da St. George's Street, em 1857. Felizmente essas ocorrências são raras.

Sir Arthur Conan Doyle

estavam a caminho de Wimbledon, viajando pela estrada, e pararam ali simplesmente para acampar. Não houve espetáculo naquela noite, já que Abbas Parva é tão pequena que não valia a pena uma apresentação.

"Eles tinham um fabuloso leão do Norte da África como uma de suas atrações. Era chamando de rei do Saara. Ronder e sua esposa tinham um número que envolvia entrarem na jaula do animal e fazer uma performance. Aqui, veja só, há uma fotografia do espetáculo. Note

A inquilina do rosto coberto

que Ronder era um homem enorme e que sua esposa era uma mulher magnífica."

Inclinei-me para dar uma olhada na foto que Holmes estava segurando. Era uma imagem granulada, mas pude ver as três figuras nela: o leão, orgulhosamente com a boca aberta em um rosnado; Ronder, segurando um chicote; e sua esposa em pé ao lado dele. A senhora Ronder estava com os braços erguidos, como se estivesse ordenando ao animal que se

Sir Arthur Conan Doyle

apresentasse. Embora ela fosse muito menor do que o marido gigante, sua beleza chamou minha atenção. Seu traje, típico de espetáculos, brilhava sob as luzes da tenda.

Enquanto eu estudava a fotografia, Holmes continuou.

– Era costume que Ronder ou sua esposa alimentasse o leão à noite. Às vezes ia um, às vezes iam os dois, mas nunca permitiam que ninguém fizesse isso por eles. Ambos acreditavam que, enquanto fossem os tratadores a levar o alimento, o

A inquilina do rosto coberto

animal os veria como amigáveis e não os atacaria. Curiosamente, foi declarado no inquérito que havia alguns sinais de que o leão era de fato perigoso. No entanto, parece que esses sinais foram ignorados. Suspeito que o casal tenha se tornado tão familiarizado com o leão que não acreditavam mais que ele pudesse lhes fazer mal.

"Nessa noite em particular, sete anos atrás, quando os dois foram tratar do animal, seguiu-se um acontecimento terrível, cujos detalhes nunca foram esclarecidos."

Capítulo três

Agora eu me lembrava vagamente da história. Talvez eu tivesse lido sobre isso no jornal na época. Com o coração apertado, temi o que estava por vir.

Holmes continuou:

– Parece que todo o acampamento foi despertado por volta da meia-noite pelos rugidos do animal e gritos da mulher. Os tratadores e funcionários correram de suas tendas, carregando lanternas, e as luzes revelaram uma visão assombrosa. A cerca de dez metros da jaula do leão, que estava aberta, Ronder estava deitado, com a nuca esmagada e marcas profundas

Sir Arthur Conan Doyle

de garras no couro cabeludo. Perto da porta da jaula, estava a senhora Ronder deitada de costas, com a criatura agachada e rosnando acima dela. O animal tinha ferido o rosto dela de tal forma que nenhum dos presentes imaginou que ela pudesse sobreviver.

A inquilina do rosto coberto

"Vários dos homens do circo, liderados por Leonardo, o fisiculturista, e Griggs, o palhaço, espantaram a criatura com varas. Os homens conseguiram colocar o leão de volta em sua jaula e o trancaram

Sir Arthur Conan Doyle

imediatamente. De que forma ele havia se soltado, isso era um mistério. Por fim, concluiu-se que o casal Ronder havia tentado entrar na jaula, mas que o animal saltou sobre eles quando a porta foi aberta. Não havia nenhum outro ponto estranho nas evidências, exceto que a senhora Ronder, em agonia, ficava gritando: 'Covarde! Covarde!', ao ser levada embora. Seis meses se passaram

A inquilina do rosto coberto

antes que ela pudesse prestar depoimento, e então a investigação sobre a morte de seu marido foi realizada. O veredicto óbvio foi morte acidental."

— Que outra conclusão poderia haver? – perguntei.

— Boa pergunta – continuou Holmes. – Pois havia um ou dois pontos que preocupavam o jovem Edmunds, da delegacia de polícia de Berkshire. Rapaz inteligente aquele lá! Uma raridade entre os policiais. Embora o caso tenha sido

Sir Arthur Conan Doyle

encerrado, Edmunds não ficou satisfeito com o veredicto e um dia apareceu no meu apartamento para perguntar o que eu pensava a respeito. Tivemos uma discussão muito animada sobre o caso, embora nenhum de nós tivesse conseguido apresentar uma teoria satisfatória. Certamente você deve se lembrar dele?

Algo despertou minha memória de leve.

– Um homem magro de cabelos loiros?

A inquilina do rosto coberto

— Exatamente. Eu tinha certeza de que você se lembraria mais cedo ou mais tarde.

Mesmo depois de tantos anos de amizade, Holmes ainda tinha grande prazer em me provocar enquanto eu tentava a todo custo acompanhá-lo. Decidi que não ia reagir e, em vez disso, perguntei:

— Mas o que o preocupava?

— Bem, nós dois estávamos preocupados. Foi muito difícil reconstruir o caso. Analise do ponto de vista do leão. A porta da jaula está

Sir Arthur Conan Doyle

aberta. Ele está livre. Mas o que o animal faz? Ele dá alguns saltos para a frente, o que o leva a Ronder. O homem se vira para correr (as marcas de garras estavam na parte de *trás* de sua cabeça) mas o leão o derruba. Então, em vez de saltar e escapar, ele se vira para a mulher, que estava perto da jaula, a derruba e a ataca ferozmente. Por que o leão não fugiria quando teve a chance?

"Para aumentar o mistério, os gritos da infeliz senhora sugeriam que seu marido não tentou ajudá-la.

A inquilina do rosto coberto

Mas o que o pobre homem poderia ter feito se estava caído no chão? Você percebe que algo não se encaixa?"

— Sim, de fato.

— E havia outra questão. Isso me ocorre agora que parei para pensar. Houve alguma evidência de que, assim que o leão rugiu e a mulher gritou, um homem começou a gritar de terror.

— Certamente foi o tal de Ronder.

— Bem, se o crânio dele tinha sido esmagado, você não esperaria

Sir Arthur Conan Doyle

ouvi-lo falando, não é? Houve pelo menos duas testemunhas que mencionaram os gritos de um homem misturados com os de uma mulher. No momento em que o leão atacou a senhora Ronder, seu marido já estava morto.

– Acho que todos no acampamento estavam gritando a essa altura – disse eu. – Quanto aos outros pontos, creio que posso sugerir uma solução.

Holmes olhou para mim por cima do nariz, de um jeito superior que ele fazia às vezes.

A inquilina do rosto coberto

— Eu ficaria feliz em ouvir.

Decidi ignorar seu sarcasmo. Esse mistério também havia capturado minha imaginação e eu estava determinado a dar minha opinião.

— Os dois estavam juntos, a dez metros da jaula, quando o leão se soltou. O homem se virou para fugir e foi atingido. A mulher teve a ideia de entrar na jaula e fechar a porta. Era sua única chance.

Sir Arthur Conan Doyle

Ela correu para lá e, assim que a alcançou, a fera saltou atrás dela e a derrubou. Ela estava com raiva do marido por ter encorajado a raiva do leão ao dar as costas.

Se eles tivessem ficado de frente para o animal, poderiam tê-lo intimidado. Daí os gritos de "Covarde!".

– Brilhante, Watson! Só tem uma falha na sua história.

Tentei não deixar minha irritação transparecer, mas suspeito de que Holmes estava bem

A inquilina do rosto coberto

ciente dos meus sentimentos. Mesmo assim, eu o olhei nos olhos.

– Qual é a falha, Holmes?

– Se os dois estavam a dez metros da jaula, como o animal saiu?

Eu não tinha considerado isso. Fiquei em silêncio por

Sir Arthur Conan Doyle

um momento enquanto refletia sobre as possibilidades.

— É possível que eles tenham algum inimigo que a tenha destrancado?

— E por que o leão haveria de atacá-los de forma tão selvagem quando tinha o hábito de brincar e fazer truques com eles dentro da jaula? Eram os dois que o alimentavam, não se esqueça.

— Possivelmente o mesmo inimigo fez algo para enfurecê-lo.

A inquilina do rosto coberto

Holmes ficou pensativo e permaneceu em silêncio por alguns instantes.

Eu sabia que meu argumento era fraco, por isso me preparei para o desprezo de Holmes. Mas fiquei agradavelmente surpreso quando ele comentou:

— Bem, Watson, esse ponto da sua teoria faz sentido. Ronder era um homem de muitos inimigos. Edmunds me contou que ele era horrível. Um grande valentão que praguejava e

Sir Arthur Conan Doyle

ameaçava com violência qualquer um que entrasse em seu caminho. Imagino que aqueles gritos sobre um monstro, do qual nossa visitante relatou, sejam as memórias que a senhora Ronder tinha de seu falecido marido. No entanto, até que tenhamos todos os fatos, só o que nos resta é especular.

A inquilina do rosto coberto

Holmes voltou ao seu estado de pensamento profundo e olhou para a lareira por um momento antes de se levantar e bater palmas.

– Há uma perdiz fria no aparador, Watson, e uma garrafa de vinho. Vamos renovar nossas energias antes de fazer uma visita a essa trágica mulher e sua senhoria.

Capítulo quatro

Uma hora depois, quando nosso cabriolé de aluguel nos deixou na casa da senhora Merrilow, nós a encontramos parada na porta à nossa espera. Estava muito claro que sua principal preocupação era não perder uma valiosa fonte de renda. Antes de nos mostrar o andar de cima, ela implorou que não disséssemos ou fizéssemos nada que pudesse levar à partida de sua inquilina.

Depois de passar alguns minutos tentando tranquilizá-la, nós a seguimos por uma escada reta e mal acarpetada e fomos conduzidos ao quarto da inquilina misteriosa. Entramos e percebi a senhora

Sir Arthur Conan Doyle

Merrilow parada ao meu lado, claramente ansiosa, embora eu não soubesse dizer se por ela ou pela outra mulher. Ela torcia um lenço nas mãos e oscilava o peso do corpo de um pé para o outro, fazendo as tábuas do piso rangerem sob o carpete gasto. Holmes também deve ter percebido sua inquietação, porque se virou e ergueu uma sobrancelha. Isso foi o suficiente para trazer a boa senhora de volta ao momento presente. Com um olhar

A inquilina do rosto coberto

envergonhado, ela saiu do quarto e nós ouvimos seus passos pesados ao descer as escadas.

Era um local bolorento e mal ventilado, como era de se esperar, já que sua ocupante raramente o deixava. Quando olhei em volta, tornou-se óbvio que o quarto precisava desesperadamente de alguma atenção. O papel de parede havia começado a descascar em alguns pontos e havia espessas camadas de poeira sobre a lareira. Percebi que não havia ornamentos

Sir Arthur Conan Doyle

ou pertences pessoais à mostra, e todo o cômodo sugeria uma atmosfera de miséria. Parecia um lugar desabitado. Vi a ironia no fato de que, depois de ter mantido feras em uma jaula, a mulher também vivia tal como um animal enjaulado.

A inquilina do rosto coberto

A senhora que era motivo de nossa visita estava sentada em uma cadeira quebrada em um canto escuro do quarto. Pude ver que ela já tinha sido uma mulher muito ativa em outros tempos, mas os anos de inatividade haviam feito

Sir Arthur Conan Doyle

com que seu corpo perdesse um pouco da força.

Um véu espesso e escuro cobria seu rosto, mas chegava apenas até seu lábio superior, mostrando uma boca de formato perfeito e um queixo delicadamente arredondado. Dava para perceber que ela tinha sido uma mulher notável. Sua voz também era agradável ao ouvido.

A inquilina do rosto coberto

– Senhor Holmes – disse ela, em saudação. – Meu nome é familiar para o senhor, pelo que vejo. Pensei mesmo que isso seria suficiente para trazê-lo.

– É verdade, embora eu não saiba como a senhora descobriu que eu tinha interesse no seu caso.

– Eu soube disso quando recuperei minha saúde e fui interrogada pelo senhor Edmunds, o detetive do condado. Temo ter mentido para ele. Talvez tivesse sido melhor ter contado a verdade.

Sir Arthur Conan Doyle

— Normalmente é mais sensato dizer a verdade. Mas por que mentiu?

— Porque o destino de outra pessoa dependia da minha declaração. Eu sei que ele era um ser indigno, mas não queria sua ruína na minha consciência. Estivemos tão perto... Tão perto.

— Esse obstáculo foi removido, então?

— Sim, senhor. A pessoa a que me refiro está morta.

— Então por que não contou à polícia o que sabe?

A inquilina do rosto coberto

– Porque há outra pessoa a ser considerada. Essa outra pessoa sou eu mesma. Não aguentaria o escândalo e a publicidade que resultaria de uma investigação policial. Não tenho muito tempo de vida, mas desejo morrer sem ser perturbada. Além disso, também queria encontrar um homem de bom senso a quem eu pudesse contar minha terrível história, para que, quando eu partisse, tudo pudesse ser compreendido.

Sir Arthur Conan Doyle

– Agradeço o elogio. Porém, sou uma pessoa com responsabilidades. Não posso prometer que, após nossa conversa, eu não vá denunciá-la à polícia.

– Não se preocupe, senhor Holmes. Conheço seu caráter e seus métodos muito bem, pois acompanho seu trabalho há alguns anos. Ler é o único prazer que o destino me deixou, e eu quase não sinto falta

A inquilina do rosto coberto

do que acontece no mundo. Sendo assim, vou lhe contar minha trágica história, senhor Holmes. Fique à vontade para fazer o que quiser com as informações depois. Falar sobre o ocorrido vai aliviar minha mente.

— Meu amigo doutor Watson e eu ficaríamos felizes em ouvir.

— Então, por favor, sentem-se, senhores.

Nós nos sentamos. Holmes puxou uma cadeira em frente a ela e eu me sentei discretamente de um lado. Por mais desesperado que eu estivesse

Sir Arthur Conan Doyle

para descobrir o segredo sombrio que pairava sobre aquela senhora, percebi que tínhamos que ouvir com paciência a sua história.

Ela se levantou de repente e tirou duas fotos emolduradas de uma gaveta.

– Este é Leonardo – disse ela, entregando uma das fotos para Holmes. Inclinei-me para ver melhor.

O homem era claramente um acrobata profissional; tinha um físico magnífico, braços imensos cruzados

A inquilina do rosto coberto

sobre o peito enorme e um sorriso escapando de seu bigode pesado – era um sorriso de satisfação de quem havia conquistado muito.

– Leonardo, o fisiculturista que testemunhou?

Sir Arthur Conan Doyle

– O próprio. E este… Este é meu marido.

Ela então nos passou a segunda fotografia. Era um rosto terrível e cruel que nos encarava de volta. Eu podia imaginar aquela boca vil espumando de raiva, e aqueles olhos pequenos e malignos lançando-se

A inquilina do rosto coberto

em ameaça enquanto observavam o mundo. Desordeiro, valentão, fera – estava tudo escrito naquele rosto de mandíbulas fortes.

– Essas duas fotos vão ajudá-los, senhores, a entender a história. Eu era uma pobre menina de circo, criada na serragem e que vivia dando saltos em aros antes dos dez anos. Quando cresci, descobri que esse homem queria se casar comigo – disse a senhora gesticulando para a segunda foto – e, por pena ou fraqueza, eu aceitei. Desde aquele

Sir Arthur Conan Doyle

dia eu vivi um inferno, e ele era o demônio que me atormentava. Não havia ninguém no espetáculo que não soubesse de seus maus tratos. Ele me abandonava pelos outros e sempre que eu o confrontava sobre isso, o miserável me tratava com mais crueldade. Muitas vezes tive que esconder hematomas. Os outros artistas tinham pena de mim e o odiavam, mas o que eles podiam fazer? Todos o temiam, com razão. O homem era terrível o tempo todo e se tornava extremamente perigoso

A inquilina do rosto coberto

quando estava com raiva. Chegou a ser levado repetidas vezes ao tribunal por agressão e crueldade com os animais, mas, como tinha muito dinheiro, as multas não significavam nada para ele.

Capítulo cinco

Meu coração se compadeceu daquela mulher, e eu amaldiçoei o homem que a tratava de forma tão selvagem. Olhei para Holmes e, embora só pudesse ver seu perfil, vi que ele também tinha se comovido com a história dela. Suas feições de águia se suavizaram, e seu corpo perdeu um pouco da tensão.

A inquilina do rosto coberto

– Muitos dos nossos melhores artistas nos deixaram – continuou ela – e o espetáculo começou a decair. Só restaram Leonardo, eu e Jimmy Griggs, o palhaço. Pobre coitado, ele não tinha muitos motivos para rir, mas fazia o que podia para ser engraçado.

"Eu fiquei desesperada. Minha vida estava nas mãos daquele vilão e não havia nada que eu pudesse fazer para me livrar dele. Com isso, Leonardo e eu fomos ficando mais próximos um do outro. Vocês viram

Sir Arthur Conan Doyle

como ele era. Hoje eu conheço a pobreza de espírito que estava escondida naquele corpo esplêndido, mas, comparado ao meu marido, ele parecia um anjo. Leonardo teve pena de mim e me ajudou, até que finalmente aquela bondade se transformou em amor. Amor profundo e apaixonado. O tipo de amor com que eu sonhava, mas

A inquilina do rosto coberto

nunca esperava sentir. Meu marido suspeitava disso, mas acho que ele era tão covarde quanto valentão, e que Leonardo era o único homem que ele temia. Meu marido se vingou à sua maneira, tratando-me pior do que nunca. Uma noite, meus gritos de desespero trouxeram Leonardo à porta do nosso vagão. Nós dois conversamos sobre nossa situação desesperadora nessa noite, e logo ambos entendemos que meu marido não podia continuar vivendo."

Sir Arthur Conan Doyle

Acreditando ter nos chocado, ela fez uma pausa em sua história, olhando de um para o outro. Tanto Holmes quanto eu ficamos fascinados por essa estranha história e acenamos para que ela continuasse. A senhora Ronder voltou seu olhar para a foto de Leonardo e continuou. Sua voz era pouco mais que um sussurro.

– Leonardo tinha um cérebro inteligente e maquinador. Foi ele quem planejou tudo. Não digo isso para culpá-lo, pois concordei em seguir seu plano. Mas eu nunca teria

A inquilina do rosto coberto

pensado em algo assim. Leonardo fez uma arma… Um porrete. Na ponta, ele prendeu cinco longos pregos de aço, com as pontas para fora, dando a mesma extensão de uma pata de leão. A ideia era dar um golpe mortal em meu marido com o porrete, mas dar a impressão de que era o leão que havia cometido o crime.

"Estava escuro como breu quando meu marido e eu fomos,

Sir Arthur Conan Doyle

como de costume, alimentar a fera.
Carregamos a carne crua conosco
em um balde. Leonardo estava
esperando na esquina do grande
vagão por onde teríamos que passar
para chegar à jaula. Mas ele foi muito
lento. Passamos pelo local antes que
Leonardo pudesse desferir o ataque.
Ele então nos seguiu na ponta dos
pés e eu ouvi o estrondo quando o
golpe acertou meu marido. Naquele
momento, lamentei amargamente
o que havia feito, mas não tive
escolha. Eu tive que fazer minha

parte. Correndo para a frente, abri a trava da porta da jaula do leão para que, quando disparássemos o alarme, as pessoas vissem o leão de pé sobre meu marido, presumissem que ele havia escapado e que era o responsável pela tragédia. Fiquei feliz por pelo menos não ter tido tempo de ver o que Leonardo tinha feito.

Sir Arthur Conan Doyle

"Então aconteceu uma coisa terrível. Os senhores já devem ter ouvido como essas criaturas ficam atiçadas ao sentir cheiro de sangue. Algum estranho instinto alertou o leão instantaneamente que um humano havia sido morto. Quando abri a porta da jaula, a fera saltou e caiu sobre mim em um instante. Leonardo poderia ter me salvado. Se ele tivesse se precipitado e atingido o animal com sua clava, poderia tê-lo impedido. Mas, em vez disso, o homem perdeu a coragem. Eu o ouvi gritar de terror

e fugir. No mesmo instante, os dentes do leão atingiram o meu rosto. Seu hálito quente e imundo já havia me envenenado e eu mal tive consciência da dor.

"Com a palma das mãos, tentei afastar as grandes mandíbulas

Sir Arthur Conan Doyle

fumegantes e manchadas de sangue para gritar por socorro. Eu estava ciente dos gritos por todo o acampamento e me lembro vagamente de um grupo de homens... Leonardo, Griggs e os outros... tentando me tirar das patas da criatura. Essa foi minha última lembrança, senhor Holmes, por muitos meses desgastantes. Quando me recuperei o suficiente e vi meu rosto no espelho, amaldiçoei aquele leão. Oh, como eu o amaldiçoei! Não porque ele havia tirado minha beleza, mas porque ele não tirou minha vida. Então, apenas um desejo me restou, senhor Holmes, e eu tinha dinheiro suficiente para realizá-lo. Apenas queria me cobrir para que meu pobre rosto não fosse visto

Sir Arthur Conan Doyle

por ninguém, e viver bem longe de todos os meus conhecidos. Isso era tudo o que me restava fazer... E foi o que eu fiz. Um pobre animal ferido que rastejou em sua toca para morrer. Esse é o destino de Eugenia Ronder.

Capítulo seis

Nós três ficamos sentados em silêncio por algum tempo depois que a infeliz mulher contou sua história. Após isso, Holmes estendeu o braço comprido e pegou a mão dela com

Sir Arthur Conan Doyle

uma tal simpatia que eu raramente o via demonstrar.

— A senhora certamente sofreu. Receba minha compreensão. Mas há algumas partes de sua história que ainda não entendo. E quanto a esse homem, Leonardo?

Sua expressão continha uma melancolia que fez meu coração se compadecer dela.

— Eu nunca mais o vi ou tive notícias dele. Talvez eu tenha errado em guardar tanta mágoa. Não posso esperar que ele ame algo que um leão deixou para trás. Mas o amor

A inquilina do rosto coberto

de uma mulher não é algo que se deve colocar de lado tão facilmente. Ele me deixou debaixo das garras da fera, ele me abandonou em um momento de grande necessidade... Ainda assim, eu não quis que ele fosse executado como um assassino. Quanto a mim, já não me importava o que podia acontecer comigo. O que poderia ser mais terrível do que a minha própria vida? Mas eu me coloquei entre Leonardo e seu destino, pois senti que deveria protegê-lo.

— E ele está morto?

A Gazet

FISICULTURISTA DE CIRCO MORRE AFOGADO

Leonardo Corelli (35), fisiculturista de circo, morreu afogado ontem enquanto nadava perto de Margate. Não há muitas informações sobre a tragédia, já que havia poucas pessoas na prai na hora do afogamento, porém não há circunstâncias suspeitas. O senhor Corelli foi testemunha da tragédia no Circo de Animais Selvagens Ronder, há sete anos, quando o proprietário foi morto e sua esposa foi gravemente mutilada por um leão fugitivo.

Margate

21 de setembro de 1896

Sir Arthur Conan Doyle

Ela nos entregou um recorte de jornal.

– Entendo – disse Holmes, devolvendo o pedaço de jornal. – Mas o que ele fez com a clava de cinco garras, que é a parte mais estranha e engenhosa de nossa história?

– Não sei dizer. Havia uma pedreira de calcáreo, perto de onde montamos o acampamento, com um poço profundo. Talvez nas profundezas daquele poço…

– Entendo. Bem, é de pouca importância agora. O caso está encerrado.

A inquilina do rosto coberto

— Exatamente, senhor Holmes. O caso está encerrado.

Quando ela disse isso, Holmes e eu nos levantamos de nossas cadeiras. Enquanto pegava meu chapéu e casaco, notei que as palavras finais da senhora Ronder ecoavam na minha mente. Havia um tom estranho em sua voz que sugeria algo mais profundo. Olhei para meu companheiro e vi uma expressão preocupada em seu rosto. Holmes se voltou rapidamente para ela.

— Essa vida não é sua — disse ele, fixando-a com um olhar de reprovação. — Tire esse peso de você.

Sir Arthur Conan Doyle

– Que serventia minha vida teria para alguém?

– Como a senhora poderia saber? Seu sofrimento resignado já é a lição mais preciosa de todas, principalmente em um mundo tão impaciente.

A resposta da mulher foi terrível. Ela se levantou, ergueu o véu e avançou para a luz.

– Eu me pergunto se o senhor sofreria isso com paciência – disse ela.

Era realmente horrível. Nenhuma palavra poderia descrever a

Sir Arthur Conan Doyle

estrutura de um rosto quando o próprio rosto não existe mais.

Dois vivos e lindos olhos castanhos fitavam, tristes, daquela ruína horrenda. Fui atingido pela dor e pelo desespero que eles continham. Suspeito de que Holmes pensasse da mesma forma, mas, em vez de dizer qualquer outra coisa, ele simplesmente ergueu as mãos em um gesto de piedade e protesto; em seguida, saímos juntos do quarto.

Capítulo sete

Voltamos para Baker Street em silêncio; a memória daquele rosto gravada em nossas mentes.

Mesmo em meu trabalho como médico do exército, raramente tinha visto algo tão terrível. Era de se admirar que ela tivesse pensado em acabar com a própria vida? Não sei.

Sir Arthur Conan Doyle

Não demorei muito no apartamento. A história da pobre senhora perdurava na minha mente, e eu não podia mais permanecer na presença taciturna de Holmes. Como estava com a cabeça cheia de pensamentos sobre Mary, corri para casa o mais rápido que pude, embora essa fosse uma história que eu nunca poderia dividir com a minha esposa.

Dois dias depois, quando visitei meu amigo, ele me cumprimentou

A inquilina do rosto coberto

com um aceno solene e apontou para uma pequena garrafa azul em cima da lareira. Peguei e vi uma etiqueta vermelha avisando que o conteúdo era venenoso. Um cheiro agradável de amêndoa me atingiu quando abri o frasco.

– Ácido prússico? – indaguei.

– Exatamente. Veio pelo correio. Esta mensagem veio junto.

Sir Arthur Conan Doyle

Holmes me passou um bilhete escrito com uma bela letra.

– Acho, Watson, que sabemos quem é a mulher corajosa que o enviou.

Corajosa mesmo. E fiquei feliz por sua confissão ter lhe dado forças para continuar vivendo.

Ácido prússico

Um líquido mortal, também chamado de cianeto de hidrogênio ou ácido cianídrico, frequentemente usado em assassinatos e suicídios. Veneno facilmente identificável por um agradável aroma de amêndoa. As vítimas geralmente apresentam uma leve coloração azulada na pele.

No século XIX, era usado em loções pós-barba, e as mulheres elegantes banhavam os olhos com o líquido para realçar sua brancura e brilho.

Detetive Sherlock Holmes

O detetive particular de renome mundial, Sherlock Holmes, resolveu centenas de mistérios e é o autor de estudos fascinantes como *Os primeiros mapas ingleses* e *A influência de um ofício na forma da mão*. Além disso, ele cria abelhas em seu tempo livre.

Doutor John Watson

Ferido em ação em Maiwand, o doutor John Watson deixou o exército e mudou-se para Baker Street, 221B. Lá ele ficou surpreso ao saber que seu novo amigo, Sherlock Holmes, enfrentava o perigo diário de resolver crimes, então começou a documentar as investigações dele. O doutor Watson atende em um consultório médico.